我在
所有的
秘密里
爱你

蓝蓝 著

GUANGXI NORMAL UNIVERSITY PRESS
广西师范大学出版社
·桂林·

我在所有的秘密里爱你
WO ZAI SUOYOU DE MIMI LI AI NI

出版统筹：多　马　　　　插　　图：刘永琨
策　　划：多　马　　　　书籍设计：周伟伟
责任编辑：吴义红　　　　责任技编：伍先林
产品经理：多　加　　　　篆　　刻：张　军　张泽南

图书在版编目（CIP）数据

我在所有的秘密里爱你 / 蓝蓝著. -- 桂林：广西
师范大学出版社，2024. 8. -- ISBN 978-7-5598-7100-8

Ⅰ. I227

中国国家版本馆 CIP 数据核字第 2024AK8654 号

广西师范大学出版社出版发行

广西桂林市五里店路 9 号　　邮政编码：541004

网址：http://www.bbtpress.com

出版人：黄轩庄

全国新华书店经销

天津裕同印刷有限公司印刷

天津宝坻经济开发区宝中道 30 号　邮政编码：301800

开本：710 mm × 1 000 mm　1/16

印张：7.5　　　　　　字数：6 千

2024 年 8 月第 1 版　　2024 年 8 月第 1 次印刷

印数：0 001~5 000 册　　定价：58.00 元

如发现印装质量问题，影响阅读，请与出版社发行部门联系调换。

目 录

第一辑

太阳
　是你影子的
颂歌

I

你的眼睛看见我

而太阳是你
　　影子的颂歌

2

我的鞋
　—— 你要去哪里？

跟着跑下山坡的
一棵瘦瘦的小树 ——

3

当你
赶着那群金色的麦子
从童年回来
一座泥巴小屋
正远远地等着你

4

去吧，孤单的影子 ——
与她同床共枕

冰冷的嘴唇
石头的肩膀
—— 你娶她多久了？

《星空》 39cm×27.3cm 2016

5

爱是引颈就戮——

爱是掏空自己
变成一个影子

爱是英勇无畏地
使自我软弱无能

6

进来，进来

我是空气，
你所向无敌——

7

我的歌穿透
爱人薄薄的胸膛
像 一把匕首

8

那些躺在火山灰和
　　荒凉砾石中的枝藤
会长出浓绿的叶子
并把在二月见到过的脸庞
结成一串串
喊着你名字的葡萄

《回音》 39cm×27.3cm 2016

9

你的衣领下有一个山洞

你的床上有一堆雪

IO

文明就是进入想象力

而我 ——
　　　想成为你

11

那么——
请拿去这首诗
放在你渴望握住时间钥匙的
　　手里

12

爱像一头猛兽
把我撕碎
又把我拼得
更加完整

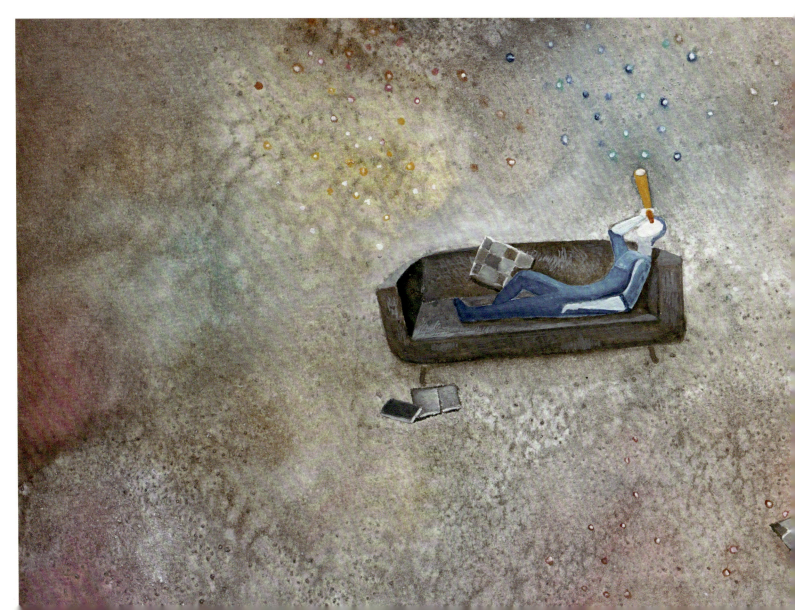

《观自在》 39cm×27.3cm 2016

13

可以拖着你所经历的来爱我但恐惧于
　　用它认识我

我将是你获得世界的一种方式：
每样事物都不同因而是
　　同一种

14

你身体里有第二个人……
命运只有一支箭
—— 来吧

我在这里！

15

你将一只脚轻轻伸进我的腿里
然后是一颗头——

你占领我
用更蓬勃的生命

16

你在我身上杀人放火——
你在这片废墟上
　　盖起新的房屋

016

《池水》 39cm×27.3cm 2016

17

你
我爱你
我从未曾经爱过你

18

当你把我的目光带到黎明
　　万物
将依从它的温情
　　造出自己的模样

19

妈妈！
这里有个男人
躺在尘土里 ——
就要分娩我

20

你的嘴唇使
所有的东西变苦
当我尝过它的滋味之后

《回音》之二　39cm×27.3cm　2016

21

——我的爱
大海上的万顷麦田
是你种下的吧

22

恋人们从彼此的嘴唇上
吸走的不是一个吻
而是一缕
惊魂

23

把他们写进永恒 ——
我可不想这么爱你

我盯着你，抓住你的手
像一头活的野兽

24

我的手停留在你的头发上

蜜蜂们来了

《白马》 39cm×27.3cm 2016

25

亲爱的
你手里的镰刀
我看到了

这些你田亩中
成熟的庄稼
—— 请你再轻柔一点

26

有谁配得上
九位缪斯共同
写下一卷诗

配得上里拉琴
断掉最后一根琴弦时
心碎的颤音

27

这样一个蓝色早晨，
没有因为的所以：

你金色的身体
你石头腰间的花 ——

28

而你用山林温柔的晚风
理解了我

《林间行》 39cm×27.3cm 2016

29

男人身上隐秘的丛林
但我
更爱他头脑里的一阵风
把灌木丛吹奏成乐曲

30

你的胸脯在他的嘴唇下
缓缓隆起
继续造出
世界的峰峦——

31

保持一头爱的雄狮
　　在你的柔弱中

32

你是and与with后面的到来
是主语和宾语奇异的合一

是笔锋的柔软
也是盲文在触摸中的明晰

《回音》之四　39cm×27.3cm　2016

33

爱把虽然
变成了因为

仁慈就把尽管
变成原本

34

那一串被遗忘的
晚秋的葡萄
终于捕获了我的双唇

35

我的爱人
是旷野中
一枝浓烟滚滚的玫瑰

36

"来吧，跳进我。"

《秋千》 39cm×27.3cm 2016

第二辑

大自然
　　的
　　一阵清风

37

麦子，我愿成为被你的麦芒
刺痛的叫喊；
我愿成为你一阵黄金里的昏厥；
成为你婚礼上秘密的客人

38

你叶子的绿色情郎，和
滑过我嘴唇的麦粒的流星

一棵树的梦
　　不是果实
　　　　而是满树的
　　　　　　鸟窝

39

在苹果村
每过一个时辰
你便骑上钟声
在村庄半空
　　飞一小会儿

忽然下雨了。

路上的人
带伞了么？

《山》之二　39cm × 27.3cm　2016

41

什么时候
露天的祭坛被庙宇替代了？

啊，那些曾披星戴月
光芒灿烂的神！

42

每一朵花
都是一个拉丁诗人。

你永恒的大自然
你的杏树新娘。

43

那个夜晚
满山满谷
叮当的羊铃声
一粒一粒
飞到了天上
成为星星

44

今晚有
清冷的月光

我对你的爱
停留在童年的
麻木中

《梦想》 39cm×27.3cm 2016

45

白杨树
我想成为你
毛茸茸的叶子

当你笔挺站立
我想成为你
闪亮的颤动

46

愿你得到麻雀的
真理

得到它胃中大地的
麦粒和云天菜

47

弯月磨亮了
在天上收割
大片的云彩

黎明时他回家
提着那盏开始暗淡的金星

48

一定有更伟大的孤独
所以才有了星空

《遥远的地方》 39cm×27.3cm 2016

49

在寂静的膝盖下
我的颅骨
发出细微的碎裂声

50

一株大麦就是德行

一株小麦就是思想

51

起风了——

大海
开始拉它起伏的
蓝色手风琴——

52

眼珠在黑白中转动
犹如人在善恶里运行：

——我用它看见枝头的白霜
美在低处慢慢结冰

居然。

《寂静的水潭》 39cm×27.3cm 2016

53

每一棵树都
垂直于大地

每张帆都
垂直于海

54

四月的风
在杨树叶子上
拍着摩尔斯密码

而林间的鸟
把它翻译出来

55

蛇摩擦大地
使它发热

——蛇的肚子上
　　有那么多鳞

56

辽阔在一根麦芒上
　　放牧自己

《云下的少年》 39cm×27.3cm　2016

57

那些朝向
伟大星空飞逝而去的名字

那更深的星星——

58

树是好的
石头是好的
路边的垃圾桶是好的
被丢弃的破沙发是好的

一只披头散发跑着的小狗是好的……

59

红柳 —— 她跟我说着河流。
地下滚滚的泉水。

而砂砾和碎石埋着她的沉默。

从那里她柔弱的头颅开出
　　粉红色湿润的花来。

60

树叶飘落。
豆子被收割。
泥土在拖拉机的犁头后面醒来。

它们放出河流和风
在新的旷野上。

《向日葵》 39cm × 27.3cm 2016

61

骆驼刺：
沙漠造成真理的铅灰色。
为了
被她最小的勇气刺破。

62

我从不饮酒
却是醒着的酒鬼
只有那倏忽而来的一阵风
知道我的名字

63

有时候我忽然不懂我的馒头，
我的米
　　和书架上的灰尘。

我跪下。
我的自大弯曲。

64

高大的椿树，在深夜
你们对我的诗句做了些什么？

土夯的院墙上留下了
你们这些独腿人清晰的压痕。

《仲夏夜之梦》 39cm×27.3cm 2016

65

我有两株麦穗
一朵云

将它们放进你的蔚蓝——

66

像花那样挥霍生命：
迅速凋零
结出果实和种子

——最终和最完美的
　　盛开

67

藏身于符号深处的
到底是什么?

文法中的呢?

没有面孔的神,
还是一群
熙熙攘攘的人?

68

守住你的道德常数。

使它成为你
一切运动的
圆心。

《家园》 13.5cm×18.5cm 2014

第三辑

在

最深的

凝视中

69

她手指粗糙，
生满老茧

——就是它们
在不确定的琴弦上
克服了
偶然

70

书桌前有一把椅子
椅子有四条腿

每天我跨上它
奔驰在时间的烈风中

71

把你脸庞映照得更美丽的
壁炉里的火焰
那上升的力量

　　　　是利斧赐予的！

72

保持你的失去
在你花朵的果实中

那是你种子最终的留住。

《归来》 39cm×27.3cm 2015

73

世界的水桶是咸的，
从人体的深井：

——它越来越渴

74

叹息和泪水：

语言与爱的
私生子

75

你诗歌的篮子里
有一座
叹息的邮局。

76

她能单足在高音上
稳稳站立；
直到把它
——踏成平地。

《观自在》之二　39cm×27.3cm　2016

77

铁锤砸反了：
石膏头颅里滚出金子。

囚徒大声歌唱枷锁那
　　秘密的钥匙。

78

如此安静，
聚集起整个天空的闪电。

静默的瓦松知道
　　—— 我的本质屋顶上的避雷针。

79

生活，
有多少次
我被驱赶进——

一个句号！

80

一整夜，
铁匠铺里的火呼呼燃烧着。

影子抡圆胳膊，把那人
一寸一寸砸进
铁砧的沉默。

《山》之四　39cm×27.3cm　2016

81

我俯身号啕
仅仅是因为利刃
　　而生出了盔甲。

82

直到有一天，
你突然张开手，说：
我不怕了。

——玫瑰，
所有的刺都在这里。

83

人是时间的
一个
移动地址。

84

毕达哥拉斯，
幻想之城的建筑者
请讲一讲三角形的奥秘：

那是一条横线的"不"，
一条竖线的"是"
还有最长一条斜线的"或许"

——我猜对了吗？

《简单的风景》 39cm×27.3cm 2016

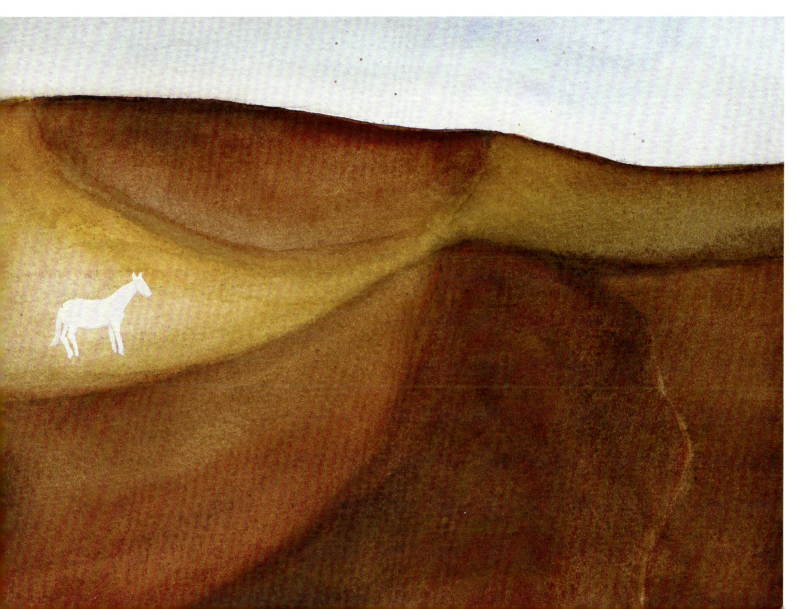

85

亲爱的哲学家
你在一粒豆子上滑倒了
而诗人要在"想象"这个词上

——站起来。

86

铁匠钟爱的是一块烧红的铁
我知道你偏爱的是我
——砧子告诉过你我的柔弱了吗？

举起你的铁锤吧！

87

你这时间积尘的
阅读者——

你这在语言中享乐的
僧侣——

88

微风来了

最高的塔被吹成平地

《无题》之二　39cm×27.3cm　2016

89

我的失去里
有一双被砍断的手
突然从墙壁里
　　执拗地伸出 ——

90

无人敢去吻这块烧红的铁

无人能握住这闪闪的锋刃

91

生活在你的舌尖上
放了一把盐

92

在名词致命的吸引中
形容词开始弯曲

而动词的可怕在于
它梦想成为名词——

《山门》 39cm × 27.3cm　2016

93

由于幻想是缺乏 ——
"仿佛看到"——

由于期待是"失神"

94

不想当奴隶的人中
有多少想当奴隶主啊!

95

他们的话语
被他们那
肥皂做成的舌头洗没了

96

不要朝我微笑吧:

我所有被称之为美德的东西都源于
它曾经触及过罪恶。

《夜照白图》 39cm×27.3cm 2016

97

我生如草芥——

渺小。脆弱。
有着从不沾染血腥味的

淡漠。

98

你是舌头老练的僭主。

而我是语言涌出的
一条清澈小溪。

99

弱小者在他强悍的弱小里
大获全胜！

我从不说脏话，
尤其

——面对混蛋的时候。

《简单的风景》之五　53cm×37.5cm　2016

IOI

今天，突然想到青海湖

那被大海遗忘在雪山和高原深处的海
那片孤零零的海
带着它的青稞、牦牛、鸥阵和鱼群
带着它的四十八条河流
仍然在距我头顶三千二百一十米的天空

奔走。奔走。奔走。

IO2

必要的歌德。
同样，荷尔德林。

啊——
天空有那么多星星

103

自豪于自由的枷锁可以如此坚定地
对我的自由进行囚禁。

在那广袤原野里放生了自由本身的无限。

104

常识是：石头不能飞翔
我系紧扣子——

在我怀里它被暖得是那么热！

《行者》 53cm×37.5cm 2016

105

人类：智能聚合体。

　AI：智能聚合体。

——让脆弱和痛苦取胜，
　而死亡捷报频传！

106

你走后
再也无人每晚爬上夜空
为那些更深的黑暗
安装新的星星

107

我是你的厨娘。
在词语中
也是。

我是你爱的碗筷。

108

你的目光
绊倒我，并在我身上
燃起熊熊大火 ——

多么好！
你使我成为芸芸众生。

109

草原上，他放牧羊群
深海里，他放牧众鲸

不可知的时空
她放牧无限的星云 ——

《天书》 39cm×27.3cm 2016

写在后面

我国自《诗经》始，绝大多数的诗是短诗，以抒情为主。和其他民族不同，我们有"诗史"的传统，却没有长篇史诗传统。即使有人论及《黑暗传》是汉民族的史诗，也存在着相当多的争论。在这样的传统影响下，关注于诗歌在处理时空迅捷变幻时的速度，偏爱隐喻打开的感受力辽阔的空间，是我写短诗的一个理由。

还有一个理由来自爱伦·坡。

桑塔耶拿曾引述过爱伦·坡对长诗的看法，认为像《失乐园》这样的长诗，是真正的好诗与平庸的段落不断交替，长诗在效果和事实上都弱于短诗。爱伦·坡的结论是：长诗是不存在的。他的原话是："诗之所以是诗，仅仅是因为它可在启迪心灵的同时对其施予刺激。诗的价值与这种有启迪作用的刺激成正比。但由于心理上的必然，所有刺激都很短暂。所以这种使诗成其为诗的刺激在任何鸿篇巨制中都不可能持久。"

这或许是偏激之语，是从短诗力量集中、简洁和迅速出发的对长诗的审视和判断。

曾经，有不少同行建议我写长诗，盖因长诗够"分量"，影响力也大。我写过一部比较长的三幕诗剧，但也只是依从诗剧的特点来写，基本是以舞台化的角度考虑写作架构。我自忖写长诗力所不逮，而写长诗的结构能力尚需更多的学习，所以目前来说我的诗多是短诗，最短只两行尔。当然，写过不少组诗，但毕竟是一个主题下很多短诗的集合。想到有那么多我喜欢的中外诗人平生也都写短诗，也就心安下来。果戈里曾说："艺术家的一切自由和轻快的东西，都是通过极度的压迫得到的。"我对此话的理解是，不仅艺术家的感受和思想如此，在语言表达上亦是如此，诗在向诗人要求着思想和表达的浓度和密度。此次受多马先生之邀，编辑这部极短诗的诗集，意外地给了我一个检视自己作品的机会。

极短诗虽然并没有理论范畴的分类研究，但就我本人的阅读经验，除了如日本俳句这样有严格制式的短诗，我们所看到的汉语极短诗和汉译极短诗，包括了短诗、格言、富有哲理的开放性句子，总体上是诗性的，是表达感受与感受思考抽象后的迅捷文体，以精短见长，给读者留有思索和想象的空间。这令我想起中国诗歌自二言诗开始，经历多种文体流变，依然有很多可能性，而任何探索新的表达方式，都是可贵的。

拙作本来拟名《凝视》，如书名所示，专注于某一瞬间对世界的感受及简短表达，力求保持诗的本质。后来改为现在的书名，更为亲民和抒情——在一个大多数人怯于直接表达情感的国度里，公开这么讲多少也令我自己感到羞怯。写到这里忽然想起一件事情，可以说明语言的表达是如何让他人敏感到某个人的来处：

几年前我得了"五十肩"，就是俗称的肩周炎，疼痛至极，完全不能自己穿衣做事。实在无法忍受，便去医院挂号。一脸严肃的大夫头也不抬地边问边记：说一说你是什么样的疼法？我苦着脸说：大夫，我每天都在痛苦中睡去，又在痛苦中醒来。他停下笔，惊讶地抬起头：——你是诗人吗？

蓝蓝

2024 年 6 月

作者简介

　　蓝蓝，1967 年生于山东，祖籍河南。诗人，随笔及儿童文学作家。

　　少年时代开始发表作品，出版有汉语诗集《含笑终生》《情歌》《内心生活》《睡梦，睡梦》《诗篇》《蓝蓝诗选》《从这里，到这里》《唱吧，悲伤》《世界的渡口》《从缪斯山谷归来》《凝视》《河海谣与里拉琴》《无名者》，以及英语、俄语和西班牙语等诗集《身体里的峡谷》等 19 部。出版童话童诗、散文随笔集等 16 部。作品被译为英语、法语、俄语、西班牙语、德语、希腊语等十余种语言。

　　曾获第四届"诗歌与人·国际诗歌奖"、第十一届全国优秀儿童文学奖、第十六届"华语文学传媒大奖·年度诗人奖"、第三届"袁可嘉诗歌奖·诗人奖"、首届"苏轼诗歌奖"、第六届"天问诗人奖"等。